山猫座

Oki Amari

大木あまり句集

ふらんす堂

目次

句集　山猫座

疾風

大木家の祖は狼ぞ去年今年

初明り山茶花あかりして微熱

髪梳けば猫がすり寄る初鏡

階段を疾風のごとく嫁が君

アトリエに金の仮面や初仕事

春著きて黒門町の珈琲を

柴犬の横坐りして礼者待つ

ラーメン屋むかし蛇屋や松飾

病身にシャネル一滴寝正月

ゴミ袋まだ出せぬ日の福寿草

どんど果て波打際の虚貝

色足袋をぱんと叩いてみんな夢

湯気が目に猫舌亭の牡丹鍋

花札の鹿の振り向く炬燵かな

ペンギンの胸の広さや春隣

よき香り待つごと春を待つてをり

春霞やこのポリープの出しやばりめ

船室のやうな病室鳥帰る

夜明けには肩の凝るらし吉野雛

亡き友の柩に入るる男雛

涅槃図の人の嘆きの外に象

茎立は黄の花をつけ猫車

土間よごす男の靴や夕桜

かしこげな鴉の頭風光る

囀りに割り込む鳩の声さびし

しなやかに立つ蚊柱や入院す

看護師の夜明けのノック柿の花

忍冬の金銀匂ふ遠忌かな

峰雲や冒険心のまだありて

ものの書きの夜空みる癖蚊遣香

霜の花

若冲もながめし空か鯉のぼり

麦秋の轍を歩く鴉猫

火星近づく朴の木は花かかげ

草笛や沢に浸せる足二本

たいそうな名前がついて花菖蒲

薄ものの切れ端のごと蜘蛛の網

六月六日

野のばらの棘いきいきと晴子の忌

沼に来て夜空の近し草螢

河鹿鳴く星の出ぬ夜はことさらに
夜更せし少女の頃や誘蛾灯

猫鳴いて空のいづこも明易し

蟻地獄郵便物がどさと来る

青梅雨や鴉が止まる捨畳

空は罪問ふごと青し栗の花

抱きあげしものニャーと鳴く水中花

少年やひまはりよりもうなだれて

鳶去つて一番星やバルコニー

蘭鋳は妊婦のかたちして華麗

峰雲や離れ家のごとしんとして

I教授は

涼しさや絵筆ひとつで闘へと

百合の花こちらを向くや神谷バー

地下室に団子虫ゐて雷雨かな

風鈴のよく鳴る日なり軽き鬱
蕗剝くや雨だれの音に励まされ

新しき治療や斑なき百合ばかり

死はいつも近くに枝の雨蛙

蝶の去る野のなだらかに西日かな

ブーケ手に立見の席の涼しさよ

夏深し草間彌生の目ん玉も

風立ちて水の都の箒草

こもれ日のやうな模様や猫涼し

蝶のごと使ふストローソーダ水

漂うて青き海月よ供花となれ
はつあきの白き雲くる生贄かな

孤高なる水の上なる鬼やんま

病者とて怠けをられず西瓜に刃

葉表に怪しきしぐさして蟷螂

自転車の荷台に犬や星祭

ぎくしやくと蟷螂歩く終戦日

青春のノートの余白星流る

秋ともし一病が吾の羅針盤

病んで見る夢限りなく爽やかに

義母永眠　五句

爽涼の今にも寝息立てさうに

椋鳥の鳴きつつ歩く葬儀かな

秋晴や遺灰の白のさらさらと

葛の蔓引けど引けども母は亡し

弔うて秋の夕べの水輪かな

いくつもの美田が消えて魂迎

山々に不意の日射しや墓詣

夢の世の翳りきたりて扇置く

波たちて藻のいろかはる厄日かな

稲妻や草の匂ひのスニーカー

竹林の堆肥に雨や曼殊沙華

野分して仏どぢやうは鍋の中

内科外科耳鼻科の予約鉦叩

子供の頃茸中毒になつたことあり

ふくよかな茸の崇り恐ろしや

蠟燭の芯は一本賢治の忌

三日月の鋭さ欲しき木椅子かな

月皓と海辺の店のサラダバー

歌姫の目鼻くつきり水澄めり

姫よりも武者の香るや菊人形

冷まじくアトムの握り拳かな

もの書いて青き小鳥を待つてをり

サイレンや枯蟷螂が道に出て

寄鍋の目のあるものを喰うて雨

寒ければ酒《ささ》召しあがれ陰の神

あかき柄の落葉拾うて一会かな

冬樫の影カストロは逝きにけり

水を吸ふ木の音かすかか冬銀河

星の入東風やココアをもう一杯

庭草の乳汁を思ふ暖炉かな

居らざるがごとく居りたし龍の玉

とりどりの服着て人や空つ風

霜の花忘るるために歩きけり

銀翼

大鍋にあがる炎や山桜

駈けだせば三味線草があちこちに

種馬の舌なめらかや草清水

蛇よりも端正にして蛇の殻

銃眼の我に向きをり夏の夢

夜が明けて殻がきれいな蝸牛

人間は酷なことして夏の空

風入や聖書と並ぶ悪の華

風鈴の釘さびてゐてゆるぎなし

銀翼の力強さよ海開

その人の祝辞涼しき風のごと

洗ひ髪吹かるるままに浮灯台

犬死も病死もあるや雲の峰

永訣や波のひかりが夏菊に

清少納言きつと嫌ひや土用灸
かなぶんや切なきまでにもの書いて

毒のある蛙うるはし夏休

日焼せぬ子がここにをり草の径

鎌倉の水羊羹と無常観

歌よみの山へ老鶯帰りけり

みんみんが鳴いて戦後の山と海

夕風が吹く石段のかたつむり

からす瓜咲くや死んでも姉妹

箸つかふやすらぎ雨の芙蓉かな

種どれもふぐりの形黒葡萄

絵のなかの蟬も鳴くかに終戦日

稲妻の一閃病なきごとし
かなかなや傷つけ合はぬ距離にゐて

蟷螂よ答への出せぬものが好き

カステラのざらめの気品柳散る

少年やりんごの歯形母に見せ

こもれ日の母亡き家に小鳥くる

火葬場の雲きれぎれに昼の虫

岸壁の木のゆさゆさと秋燕忌

夕ぐれの渚に拾ふ赤い羽根
すべりひゆの御浸し星は冬に入る

凩やステンドグラスに月と猫
キャンパスは雀ばかりや返り花

はつふゆの昼顔が咲く離宮かな

鯛焼の王と呼びたき面構へ

隙間風してキッチンの星座表

針山のまち針さびぬ開戦日

一炊の夢や潤目の藁を抜く

柊忌とは母の忌よ蒲団干す

呼び鈴も核のボタンもあり真冬

文芸やぼろぼろの冬鴉

父に似る老人と飲む身酒かな

マスクして逢ふや双子座流星群

めん鶏の瞼に日差しクリスマス

冬帽子斜めにかぶり平和とは

冬うららうららというて死にたしよ

湯たんぽや葉擦れの音の竹林

マスクのゴムきつし遠くの葬儀へと

迷ひをる狐火ならばポケットに

数へ日の猫が出てくる鯨幕

ネクタイの結び目固し寅彦忌

納骨や小魚ひかる冬の川

夢の世にただゐるだけや着ぶくれて

帰らざる旅をするなら狼と
宇宙船きさうな夜の焚火かな

巴里祭

母の忌や蕪畑にまた風が

ポップコーン弾けるやうに生きて冬

霜の菊束ね燃やして地球人

青年の黒きマスクやドッグラン

炎より人恐ろしと雪女

砂吐きて貝のしづかや春隣

猫柳ほぐるるやうに目覚めたし

坐りたき夜明けもあらむ立雛

暗がりに桃の節句の鱗取り

やはらかき毛布に疲れ春の星

パレットにしたき魚板や山笑ふ

クレソンの微動だにせず水温む

花びらを飲み込む鯉に亀が寄る

描きたきは光の柳影の馬

おそろしき国北にあり鳥帰る

革命を待つかにしんと風車

ふるさとはマリアアザミの隠れ道

一木を離れぬ鳥やソーダ水

弔問や青き揚羽に先越され
どこにでも団子虫ゐて家涼し

犬小屋の鎖の音や巴里祭

ストロベリームーン二人で浴衣着て

仙人掌の夜は奇声をあげさうな

向日葵や思ひつめたるやうに佇つ

猟犬の山に捨てられ日雷

ああと鳴く鳥や夕日の芭蕉林

ハンカチで人殺せます遠花火

猫の蚤畳へ飛んで柚子日和

身に入むやねずみが噛るスニーカー

太陽の冬に入りたる乳母車

銀紙に包む魚や翁の忌

呼ばぬのに来る砂色の冬の蝶

水底の石のたひらに七五三

明日のことさざ波に聞け浮寝鳥

鯛焼や仏足石に座りたく

数へ日のドッグダンスの犬の舌

月いろのラストオーダーの浅漬

兼題「雪」六句

雪兎つくる夫のそばに猫

ブルドッグもデモに行く気や雪明り

青き眼のスノードームの中の猫

雪の野やここにも罠があつたはず

血のつきし兵士の紙幣雪の上

何頭の軍馬死にしか雪催

シネマ

姉よりの深夜の電話木の葉髪

人参の香や少年の水仕事

着ぶくれて風切羽の欲しき日よ

凩に吹かれゆくものさやうなら

龍神の爪思ひつつ日向ぼこ

山の道馬は覚えて春星忌

寒風や発火しさうな猿の尻

懐くことなく雪兎溶けてゆく

オリーブの木へと歩いて年忘れ

金魚には鉢が宇宙や初明り

猫の牙抜けしを記す初日記

もぐら塚けふも無事なり寝正月

裏山は鴉の山よ縄飾

寒卵に倣ひ無駄口利くまいぞ

木の家にロック流るる鬼やらひ

雛坐すや故国を離れ難きゆゑ

どこでも唾はく男野火走る

朝より歯痛心痛猫の恋

漣も皺の仲間や鳥帰る

花びらはとほくへ我は足湯して

花屑をつかみ何かに怒りをり

鍵のなき枢横たへ燕くる

落ちさうな牛の乳房よ春の草

春愁やことことと行くうづらチャボ

荒々と古き都の鯉幟

喜寿の人芥子の坊主と揺れてゐる

酒樽の上にパスタやバードデー
放課後のランドセルにも麦埃

回想や黒穂を抜きて笑ひし君

もぐること得意な鳥や更衣

昆布かな幽霊火にも似て揺れて
前略友よ鶯も吾も老いました

蘭鋳や地球が止まる日はいつか

日に並べ軍靴にあをき黴の花

色あせてゐる交番の水中花

夕立や父とシネマを観たる日の

立ち泳ぎするかに揚羽飛ぶことよ
蟬の殻拾ふチャペルの鐘が鳴る

スコーンは拳のかたち雲の峰

夕風に胸を突き出し眼鏡蛇

悪友や二枚の葭簀立てかけて

涼しかろトロサウルスが夫ならば

戦場にある夢に覚め蚊遣の火

素麺より白き汝の素足かな

残酷な童話よ烏瓜の花

ビタミンの瓶と畳に涼みをり

棕櫚の木の夜は獣めく網戸かな

ポニーに手をなめられてゐる山開き

雷鳴やミロのビーナス描きし日

世に疎くなる疎くなる日向水

猫の爪切るやかなかな聞きながら
配線の赤とみどりやレノンの忌

恐竜

大熊手獲物のやうに担ぎ来る

初凪の小船ばかりや東歌

読初や少女が好きなサリンジャー

あらたまの玉葱にならな本音言ふ

しなやかにとぐろ巻きたく寝正月

破魔弓の忘れものありショットバー

食べる草食べられぬ草暖かし

きしむ音たてて木橋や蜆蝶

少し酔ひ手櫛を使ふ花筵
春愁を近づけぬほど眠る君

洗ひたる御虎子日向に糸柳

乱筆乱文枝から枝へ恋の鳥

砂掘れば蟹の鋏や青葉潮

毒ありて人を癒やせる海月かな

荒野より来しごと置かれ夏帽子

原子炉へ黒き鳥飛ぶ麦の秋

ウイルスのはびこる星よ蚊柱よ

糊利きしもののごとくに蛇の衣

寝転ぶや風の畳に蟻がゐて
包丁の音きこえくる夏炉かな

ゆるゆると生き六月の草の絮

思ひ出の山一つ消えサングラス

頂に近道はなし青胡桃

船めがけ波の殺気や土用の芽

花束や動く歩道に汗かいて

ふらふらと蝶が過ぎゆく蟬の穴

とぐろ巻くもの飛び越えて夏休
のうぜんや猫にもありし変声期

恐竜の影のやうなる片陰よ

文机の青きノートや夕爾の忌

貝釦転がつてゐる原爆忌

切り傷は火口の匂ひして芙蓉

灯るころ家に入りくる鬼やんま

しぼりだす絵の具の赤や終戦日

友は

秋に逝く星座のしつぽ摑まへに

白猫が遺影みてゐる野分かな

荒草を称へて去りぬ秋日傘

空あをく秋の愁ひの観覧車

木洩日はまことシュールや小鳥くる

銀河にも句会あるらし出句せよ

三日月に乗つてみたしよ猫抱いて

月光に桃ひとつ置く書斎かな

速達がくる白昼の鉦叩

とりたての卵や後の更衣

珈琲を立つて飲む人柳散る

文楽は艶ものが良し後の月

海いつも心にありて蔓を引く

裕明の笑顔なつかし新走

夢の世に飽きてくるりと柿を剝く

聖徳太子の髭おもひつつ龍の玉

恐竜の小さき肛門冬菫

鮟鱇や平和説くごと口開けて

越冬の蝶招きたき茶会かな

天使にも悪魔にも編む毛糸帽

道

少年の恋のゆくへや雪達磨

埠頭まで二人で歩くレノンの忌

窓の辺はひえびえとして暖炉かな

落葉して子猫ばかりの写真集

裏山は獣くさしよ朴落葉

入院も旅と思へば冬うらら

冬の鵙地球も惑ふ星なるよ

夕焚火その輪の中に君もゐた

初夢や父母と行く草千里

初明りして盲目のピアニスト

福笑ひ大き眼に睫毛なく
木の家の木目みごとや嫁が君

あらたまの菓子に添へられ裸文

餅焼いて漢つぶやき始めかな

ビーナスのあばためでたし薺粥

庭にくる青きインコや初手水

カンツォーネ歌ひさうなる寒卵

文旦も月もまんまる美学とは

海光や成人の日の干物の目

鞍置かぬ馬の背やさし春氷

この道は柩ゆく道春の霜

反骨の性やゆつたり春ショール

鉛筆に咬み跡水の温みけり

花種を蒔くや地球を宥めむと

春耕の行きつくところもぐら塚

桂信子と話すごとくに暖かし

風に慣れ人に慣れたる子猫かな

春雷やわたしの靴がくつたくた

かげるまで猫は日向に復活祭

鯨くるごとく虚子忌の来たりけり

裏山に猫のあつまる仏生会

トラクターに蝶待つごとく寄りかかり

不穏なる世界よ草へとぶ蛙

白髪の一本美しき日永かな

春の雲もくもくと湧き挫折感

毒舌の女のあとを熊ん蜂

父を語る春の愁ひの木村君

熊蜂の木の実のごとき骸かな

まだ足が上がる黄色の蝶が来る

狂ふなら魚島時の海猫と

暖簾くぐるごとく柳の中へ入る

幹よりも脂の冷えたる桜かな

桜咲く吹雪くみんなの惑星に
近づけば美し離れば怖き桜かな

惜しみなく病めよ生きよと花吹雪

花過ぎの風が鳴るなり父の墓

蛸足の配線と春惜しみけり

答でぬ日々や口あけ燕の子

道つけて行くかに飛べり黒揚羽

あとがき

大熊座と馭者座の間に位置し、三月中旬の夕方、天頂近くに見える山猫座。輝星に乏しく星数も少ない。存在感のない地味なこの星座を知ったとき親近感を抱いた。こんな弱々しい星宿を愛さずにはいられないと……。そして、山猫座という語感から、山猫の劇団を想像した。人間は、座長の宮沢賢治と看板女優の私だけで、座員は十二匹の山猫。山猫たちが、紫式部の『源氏物語』やシェークスピアの『ロミオとジュリエット』を演じたら楽しいだろうと空想の翼は広がっていった。

次の句集は「山猫座」という書名にしよう。その思いを実現すべく、四年前、句集を纏めようとした矢先、新型コロナウイルスが猛威をふるいはじめ、世の中は一変した。コロナ禍は人々から仕事も命も奪い、未だに終息していない。

持病のある私は外出もせず、不安と閉塞感の日々を送りながら四年が過ぎた。だが、コロナ禍の中でも季節はめぐってくる。麗しい声で鶯が鳴くと、負けじと小綬鶏が「チョットコイ」と鳴いて応える。実に微笑ましい。タンポポやすみれや二輪草が群生する我が家の庭にも束の間の華やぎが……。

私は家に籠りながら、二〇一五年の新年から二〇二一年の春の句までを収めた第七句集『山猫座』をやっと纏めることができた。あらためて夢や希望や失意を自己表現できる俳句が好きになった。

この間、多くの句友や友達が励ましてくれた。心より感謝している。

あとどれだけ俳句を続けられるか分からないが、理想の俳句を追い求めていきたいと思う。

二〇二四年春、夜明けの鶯が鳴く猫眠亭にて

大木あまり

著者略歴

大木あまり（おおき・あまり）

1941年6月1日　東京目白に生まれる。
1965年　武蔵野美術大学洋画科卒業。
1971年　「河」入会。角川源義先生の指導を受く。
2008年　「星の木」同人となる。
2011年　句集『星涼』で第62回読売文学賞受賞。
句集『山の夢』『火のいろに』『雲の塔』『火球』『遊星』『セレクション俳人　大木あまり集』『シリーズ自句自解Ｉベスト100　大木あまり』など。

現住所　〒226－0006　横浜市緑区白山3－18－1

句集　山猫座　やまねこざ

二〇二五年一月二〇日第一刷
定価＝本体二八〇〇円＋税

●著者――大木あまり
●発行者――山岡喜美子
●発行所――ふらんす堂
〒一八二―〇〇〇二東京都調布市仙川町一―一五―三八―二F
TEL　〇三・三三二六・九〇六一　FAX　〇三・三三二六・六九一九
ホームページ　https://furansudo.com/　E-mail　info@furansudo.com
●装幀――君嶋真理子
●印刷――日本ハイコム株式会社
●製本――株式会社松岳社

落丁・乱丁本はお取替えいたします。

ISBN978-4-7814-1391-4 C0092　¥2800E